AF240411

LETTRES

DE M. FOUCHÉ, DUC D'OTRANTE,

AU

DUC DE WELLINGTON.

———

Mylord,

Toutes les lettres que je reçois de Paris font mention de vos sentimens de bienveillance envers moi ; de tous les côtés j'apprends que dans toutes les occasions vous rendez librement et uniformément justice à mon administration : ma reconnaissance me porte en ce moment à franchir les bornes des expressions ordinaires qui la témoignent. Je résolus de vous écrire quelques lignes de complimens, et de vous faire connaître quelques unes des causes secrètes de la haine de mes ennemis, et, s'il était possible, d'ajouter quelque chose aux sentimens d'intérêt que vous m'aviez témoignés. Je ne pus finir ; mon âme se sentit le besoin de s'ouvrir entièrement à vous ; je vous écrivis un livre. Puissiez-vous le recevoir avec bonté, et le lire avec indulgence ! Dans un autre temps j'examinerai la loi de condamnation qui a été publiée, ainsi que l'intention de m'y comprendre sans oser y mettre mon nom.

Il faudrait être aveugle pour espérer que le roi, qui, de la manière la plus solennelle et la plus inviolable, a souffert qu'une exception s'étendît jusqu'à moi, ne serait pas indigné si on lui présentait à signer une ordonnance dans laquelle mon nom serait compris dans la liste des bannis, en vertu d'une loi qui ne m'a pas nommé. Il m'est impossible de concilier la lettre du roi, dans laquelle il m'appelle au ministère à Dresde, avec une ordonnance de bannissement signée de la même main. La postérité demanderait la cause d'une aussi étrange contradiction : elle ne pourrait supposer que les motifs qui n'ont pas empêché le roi de m'admettre au conseil, et dans sa confiance entière au moment du danger, m'en aient éloigné, banni de ma patrie, lorsque le danger parut passé. Qui pourrait se fier à l'inviolabilité de la parole royale, si les chambres ont le droit d'en abroger et d'en anéantir les effets ? Qui pourra croire à la constitution, si les chambres ont le droit d'exclure un de leurs membres, et de le juger sans prononcer son nom ? Où, après un telle violation, l'Europe trouverait-elle un gouvernement en France ?

LE DUC D'OTRANTE.

* * *

UN législateur célèbre par sa sagesse, Solon, mettait la réconciliation et la paix publiques sous la garantie et la protection du ciel. Après de longues convulsions, et à l'époque du retour de l'ordre, j'ai recommandé, mylord, cet exemple au roi, afin qu'il l'imitât. J'en appelle à votre témoignage, dont le poids est autant dans votre caractère que dans votre réputation.

Les maux étaient grands ; il ne fallait pas se laisser décevoir relativement aux remèdes à leur appliquer ; notre bonheur, notre existence sociale en dépendaient : ma voix fut étouffée par celle des passions ; les conseils de la modération furent représentés comme un piège, et des hommes insensibles, dans le délire de leur imagination, ont calomnié tout à la fois, et mon administration sous la république, et celle sous Napoléon, et celle sous Louis XVIII.

Je ne voudrais pas occuper l'Europe de mon administration longue et laborieuse, si elle n'avait aucun rapport avec la connaissance de de la vérité. J'exposerai les faits dans leur ordre et sans altération ; les uns sont connus ; d'autres ont été défigurés : je montrerai les causes de tous les grands événemens. J'ai vu de près les ressorts secrets qui ont mis les passions en jeu : j'expliquerai la révolution qui a fait une république de l'ancienne monarchie française, puis l'empire de Napoléon, et ensuite le royaume des Bourbons. En faisant cet ouvrage important, qui fournira des matériaux à l'histoire, j'ai besoin de croire qu'on y verra une nouvelle preuve de mon amour pour ma patrie.

Mais, mylord, le temps fuit, et je ne sais si les choses ne seront pas changées avant que mon mémoire soit prêt. En attendant je me rends aux désirs de ceux qui exigent de moi que j'éclaire l'opinion sur les relations qui me sont personnelles, et que l'on a étrangement défigurées. Personne mieux que V. S. n'est en état de rendre justice à mes sentimens et à mes principes. Depuis le 19 juin, époque où pour la première fois j'eus l'honneur de correspondre avec vous jusqu'au moment de mon départ de Paris, toute ma conduite politique vous a été connue. Je sais, mylord, que dans toutes les occasions vous vous êtes plu à me rendre solennellement et complettement la justice que je réclame ; c'est pour cette seule raison que je prends la liberté de vous adresser le compte que je vais rendre, afin que vous y trouviez de nouvelles armes pour ma défense. Je ne crains nullement d'augmenter vos droits à ma reconnaissance ; je sais que mon cœur est assez riche pour les satisfaire.

Les circonstances sur lesquelles on exige des éclaircissemens sont : 1.º le retour du roi ; 2º mon acceptation du ministère de la police ; 3º l'ordonnance du 24 juillet ; 4º ma mission à Dresde et les circonstances qui m'ont empêché d'entrer à la chambre des députés.

J'étais président du gouvernement Français lorsque les armées des puissances alliées s'avançaient contre Paris. Napoléon avait abdiqué ; mais il était encore à l'Élysée, et demandait à se mettre à la tête de l'armée en qualité de général. Cette offre ne pouvait être acceptée ; onze cent mille bayonnettes étrangères avaient pénétré de tous les côtés sur notre territoire, et nous n'avions pas cent mille hommes sous les armes. La retraite de l'armée fut donc résolue, et Napoléon invité à quitter la Malmaison, où il s'était retiré, et à s'embarquer pour les Etats-Unis.

Il aurait pu mal interpréter les représentations pressantes que je lui fis sur ce point ; dans le malheur l'âme s'ouvre facilement au soupçon ; mais je suis au moins certain de n'en avoir mérité aucun. Je ne l'avais pas servi comme ses courtisans, et je n'ai pas non plus suivi leur exemple en l'abandonnant en même temps que son bonheur. Personne n'appréciait plus que moi la puissance de son génie ; mais en même temps personne n'était convaincu comme moi que sa présence aurait précipité la France dans un abîme de malheurs ; en conséquence je le conjurai de quitter le continent. L'armée française, tout entière à la gloire, ne comptait pas le nombre de ses ennemis ; mais elle brûlait d'impatience de se mesurer avec eux. Il n'y a que ceux qui, comme vous, mylord, ont connu sa valeur, qui savent apprécier le mérite de la résignation qu'elle montra dans sa retraite.

Dans la crise terrible où nous nous trouvions il était difficile de prendre un parti sans éveiller les soupçons. En France on était divisé sur le choix du monarque qui devait remplacer Napoléon. On craignait que les réactions et les vengeances ne suivissent le retour des Bourbons. On ne pouvait se persuader qu'une dynastie qui avait tant souffert par la révolution pût pardonner sincèrement ; les maux que nous craignions pouvaient n'être qu'imaginaires ; mais ce sont précisément les plus dangereux, parce qu'ils n'ont pas de terme, et qu'on ne leur connaît pas de remède.

Tous ceux qui pendant les vingt-huit années qui viennent de s'écouler avaient acquis dans la carrière civile ou militaire de la considération, des richesses et de la réputation, voyaient dans le retour des Bourbons un sujet de crainte. Un parti désirait un prince étranger, qui aurait avec plus d'impartialité conservé ce qui était établi : un autre se déclarait pour la régence ; mais une régence qui aurait gouverné sous le nom de l'épouse et du fils de Napoléon, aurait eu trop de crédit à l'idée que c'était Napoléon lui-même qui gouvernait ; cette pensée exposait la France et l'Europe à des craintes mutuelles. Une partie de la France nommait le duc d'Orléans ; les qualités personnelles de ce prince, le souvenir de Jemmappes, et de quelques autres victoires de la république où il s'était trouvé dans sa première jeunesse ; un contrat social entièrement neuf qu'il était naturel et facile de conclure avec lui, et son nom de Bourbon, qu'on ne pouvait prononcer dans l'intérieur, mais qui aurait pu figurer avantageusement dans les négociations avec les puissances étrangères ; toutes ces causes, avec beaucoup d'autres, nous montraient dans le choix qu'on aurait fait de lui une perspective de repos, pour ceux mêmes qui n'y auraient pas vu le bonheur. D'autres insistaient sur les principes de la légitimité ; mais ils en faisaient une fausse application : ce principe n'est rien qu'une loi politique, propre à chaque nation où il est reconnu ; il est très-avantageux à chaque pays, parce qu'il prévient le désordre et les troubles ; mais relativement aux droits des nations, ce n'est pas une loi. La légitimité entre les souverains n'est qu'une conséquence de ce que chacun d'eux est reconnu ; la guerre et la conquête abolissent cette reconnaissance, et par conséquent cette légitimité. Le partage de la Pologne en est une preuve. Que Napoléon ait été légitime ou non (et il l'était cependant pour tous les autres souverains, hors Louis XVIII), il aurait été renversé de même. Avec les principes qui prédominent aujourd'hui en Europe, il faudrait faire la guerre au monarque qui se mettrait en tête d'agir comme Napoléon ; bien plus, le principe de la légitimité, considéré même seulement comme loi politique du pays, est susceptible d'un grand nombre d'exceptions importantes. Montesquieu croit que les rapports entre une dynastie et un peuple peuvent devenir si insupportables, que cette loi doive être entièrement changée pour la patrie elle-même.

Ma correspondance avec les ministres des hautes puissances alliées et avec les généraux de leurs armées sera jointe à mon mémoire ; elle montrera comment je sus assurer la dignité de la nation. Il y avait naturellement et intentionnellement différentes nuances dans les négociations ; j'espérais que mes preuves auraient donné plus de poids à chacune de mes demandes. Dans quelque situation désespérante que puisse être une affaire, il y a toujours des articles secondaires dont on peut se saisir, car dans la perte de l'indépendance il y a diverses gradations de malheur. On se fait une idée bien fausse de la situation dans laquelle je me trouvais, lorsqu'on me reproche de n'avoir pas assuré le droit qu'avait la nation de choisir son souverain, et de fixer les conditions de son pouvoir. Ces deux questions ont été résolues par la force des circonstances : le présent n'était plus en mon pouvoir. Tout aurait été facile si Napoléon eût abdiqué au champ de Mai ; sa retraite tardive nous a courbé sous le joug des événemens. Je crois que la nécessité m'absous de tout reproche.

On n'a pas bien conçu les véritables difficultés. Ceux qui voulaient écarter les Bourbons s'imaginaient que le choix du prince qui devait gouverner la France n'était qu'un intérêt secondaire ; on aurait dû voir qu'il fallait envisager la question d'une autre manière.

On avance que j'ai paralysé la disposition ferme de notre armée : ceux qui croient cela ne connaissent pas la disproportion de nos forces ; de nouveaux miracles de valeur n'auraient servi qu'à compromettre la fleur de l'armée, et en même temps nous aurions exposé la capitale à toutes les erreurs d'une invasion à main armée. Le plus grand danger pour une nation c'est la dissolution de tous les liens sociaux, qui détruit en même temps la prospérité publique et particulière, et ne laisse aucun espoir de félicité à venir.

Parmi ce conflit d'opinions, Louis XVIII s'approchait de Paris ; partout où les armées étrangères pénétraient il était proclamé : on pouvait prévoir de là que le même esprit produirait le même résultat dans la capitale. Le roi était à St.-Denis lorsque j'eus la première conférence avec V. S. à Neuilly. Je ne cherchai point à pallier la faute de ceux qui avaient renversé le trône ; mais j'affirmai que du moment où ce trône serait rétabli il était de l'intérêt du roi de confondre tout dans un système bien suivi de douceur et d'oubli du passé : ce qui dans un état de choses bien établi serait sagesse, devient folie dans un moment de confusion : plusieurs personnes que l'on soupçonnait de trahison n'avaient été qu'égarées par la crise actuelle. La prudence voulait qu'on usât à leur égard de beaucoup de prudence : tant qu'un homme ne croit pas s'être écarté de la ligne de ses devoirs, il y a toujours possibilité de l'y faire rentrer.

Mes projets obtinrent votre approbation, mylord ; les sentimens de modération paraissaient prendre du crédit, parce que vous leur serviez d'organe ; et en considérant les postes éminens où nous étions placés, cette entrevue devait avoir une influence puissante sur le sort éternel de la France et peut-être de l'Europe. Le lendemain je tins le même langage au roi , lorsque j'eus l'honneur de le voir à St.-Denis, et lui donnai une lettre dans laquelle je lui dis avec franchise tout ce que je crus le plus propre à lui gagner tous les cœurs , réunir tous les partis , et à nous mettre tous d'acord avec les principes et les désirs des monarques. Mon langage ouvert parut faire impression sur le roi : il savait que nous avions besoin de repos, afin de rassembler tous les élémens de l'ordre que le temps et les malheurs avaient dispersés ; qu'il était nécessaire de couvrir toutes les fautes par une bienveillance sans bornes , et d'employer tous les moyens possibles pour augmenter tous les sentimens de sincérité. Cette conversation, que j'ai tâché de faire circuler dans le public, faisait espérer que nous étions à la fin de nos troubles et de nos dissensions ; mais la nation française demandait autre chose que des espérances : il n'y a que ce qui est positif qui puisse garantir ce qui ne l'est pas.

On me reproche d'avoir accepté du roi le ministère de la police. Sans doute il eût été sûr pour moi de me retirer des affaires publiques après la capitulation de Paris ; mais il était plus courageux de faire face aux événemens. Ceux qui avaient accompagné le roi dans son malheur revinrent avec des opinions mal conçues relativement à notre situation ; ils étaient dans une terrible erreur. Le temps, qui détruit tout, n'avait encore pu effacer leurs préjugés ; plusieurs rapportèrent leurs antiques routines pour de l'expérience. N'était-il pas de mon devoir le plus sacré, dans le poste que j'occupais, de dissiper ces nuages ? Etait-ce porter trop loin la simplicité que d'espérer qu'en répandant la lumière sur tous les objets j'aurais appaisé tous les sentimens de haine, modéré les opinions des hommes les plus exaspérés, et fait rentrer tout le monde dans le devoir pour empêcher une réaction ? On sait bien où commence une réaction, mais on ne sait pas où on peut l'arrêter : au moins le premier feu fut en parti déchargé contre moi, et ne s'étendit point davantage tant que je restai à Paris. Mon entrée en fonction fut un acte de dévouement, un vrai sacrifice.

Pour un homme obscur et ambitieux , un ministère peut avoir des charmes , lors même qu'il est accompagné de dangers, parce qu'il ne les aperçoit pas ; mais pour moi il ne pouvait plus être un motif d'ambition ; tout était confusion, obstacle et danger. Lorsqu'on me vit accepter le ministère, on aurait pu voir que je voulais illustrer ma mort comme j'avais honoré ma vie.

Si j'avais eu des vues personnelles, j'aurais enflammé encore davantage l'indignation généreuse de l'armée au lieu de l'éteindre. Je n'aurais pas tremblé à l'idée du sang qui aurait coulé dans Paris. En cela l'ambition aurait encore pu trouver son compte ; dans le parti que je pris alors, on ne peut voir que la résolution d'un homme bien intentionné.

Il est facile de concevoir qu'une ambition basse aurait pu se contenter d'entrer dans une administration, à condition de devenir l'instrument servile d'un parti. Mais lorsque ma conscience et l'estime publique m'élevèrent à ce poste, pouvais-je mettre à mes services d'autres conditions que l'intérêt national? Qu'on lise ma lettre au roi lorsque j'acceptai le ministère : elle est imprimée dans le Moniteur. Ai-je compromis mes principes? Mon langage a-t-il donné à aucun parti l'espoir que je l'aurais laissé prédominer en vainqueur?

Que l'on juge mes actions et mes paroles, non en les comparant d'une époque à une autre, mais selon le type de ce qui se disait et se faisait autour de moi, au moment où je parlais et où j'agis. Si je fus incapable de maîtriser les événemens, j'ai au moins fait très-certainement tout ce que j'ai pu pour calmer leur violence. Ne m'a-t-on pas vu constamment entre les oppresseurs et les opprimés ? Mais je ne veux pas me faire plus généreux que je le suis. Déjà l'expérience du temps m'a appris que les hommes sont plus souvent modérés, actifs et raisonnables dans l'adversité que dans la prospérité.

Je me trouve placé entre deux partis ; l'un me reproche d'avoir servi le roi, l'autre me fait un crime d'avoir été au service de Napoléon.

Ce dernier parti a donc oublié qu'*il a craint Napoléon d'autant moins que j'étais plus près de sa personne.* Que lui ai-je dit lorsqu'il revint de l'île d'Elbe ? Je le conjurai de ne pas avilir la nation par une *amnistie* sans motif, et je n'ai fait que lui répéter qu'il fallait qu'il parût *tout ignorer.*

Toute ma carrière comme ministre n'a prouvé qu'*une chose ;* c'est que j'ai donné au devoir envers la patrie la prédominence sur tous les autres. Ce n'est qu'à la réputation dont je jouissais dans l'opinion de la nation que j'ai dû les places que j'ai occupées sous les divers gouvernemens qui se sont succédés, et qui sont tombés parce que, j'ose le dire, ils ont repoussé la vérité que j'avais le courage de leur dévoiler.

J'ai été indigné du reproche qui m'a été fait d'avoir trompé le roi, relativement à l'amour du peuple pour lui. Quelle basse flatterie ! On n'a pas été honteux de dire à un prince éclairé et juste qu'après 25 ans d'absence il est devenu tout à coup l'objet d'un amour universel, de l'amour d'une nation dont les générations plusieurs fois renouvelées ont été élevées parmi les passions et les convulsions dans des principes totalement opposés à l'amour des Bourbons ! Quelle assurance que de tenir un pareil langage après avoir été témoin de ce qui s'était passé à l'entrée de Napoléon à Paris lorsqu'il revint de l'île d'Elbe, lorsque les Bourbons ne pouvaient pas trouver un seul lieu de refuge en France ! Non, je ne fus point un parjure lorsque je suppliai le roi de tranquilliser l'esprit du peuple en lui promettant sécurité ; il n'y avait que ce moyen pour renforcer l'état et assurer le trône.

Le pardon entrait dans la justice. Qui oserait nier de nos jours que les tempêtes politiques ne sont pas les résultats des calculs et l'ouvrage de quelques individus, mais que tous sont entraînés involontairement ?

La tolérance a ses inconvéniens ; mais les circonstances si compliquées, la capitulation de Paris qui venait d'être signée, pouvaient-elles admettre un autre traitement, un autre système ? Après la proclamation du roi, toutes les mesures de sévérité et de punition semblaient donner le démenti à la parole qu'il avait donnée. On ne pouvait plus se fier à rien, si la convention conclue *hier* ne devait plus valoir le *jour suivant.*

Dans quel instant était-il plus nécessaire que chacun fût convaincu que la parole du roi était sacrée et inviolable ? La moindre apparence d'une infraction quelconque aux obligations contractées devait blesser tous les sentimens ; le terrible soupçon d'avoir été trompé s'empara de tous les esprits, et la confiance s'éteignit partout et pour toujours.

Le roi ne pouvait montrer que de la générosité et de la bonne foi ; un seul acte arbitraire posait les fondemens d'une opposition dangereuse. Comment punir ? où s'arrêter ? et s'il n'y a point de bornes, comment la confusion s'arrêtera-t-elle ? Une amnistie pleine et illimitée était nécessaire, justement parce qu'il était impossible de punir, à moins que de s'exposer soi-même aux plus grandes difficultés.

Cependant j'éloignai de Paris ceux dont la présence aurait pu être inconvenante. Je leur fis donner des passeports, et, je l'avoue, je procurai même à plusieurs les moyens qui leur manquaient pour se retirer.

Cette conduite ne satisfit point; l'adversité ne juge pas toujours bien ; on ne voulut pas comprendre qu'il était possible de régner sans liste de proscription : alors comme aujourd'hui , chacun aurait voulu voir son ennemi sur cette liste. Le ministère n'y laissa subsister que les noms qu'il ne put en effacer.

Que ceux qui me reprochent d'avoir signé l'ordonnance du 24 juillet se mettent à ma place à cette même époque. S'il m'eût été possible d'en ôter plusieurs noms , en y substituant le mien , je n'aurais pas hésité un seul instant. Mais jugeons sans préjugés la situation des choses.

Tous les esprits étaient déjà pénétrés de l'idée que le trône avait été renversé par l'effet d'une grande conspiration; qu'un grand nombre d'individus avaient trempé dans le complot qui avait replacé Napoléon sur le trône ; que la majorité nourrissait encore une sorte d'aversion pour le gouvernement , et que le développement de cette haine aurait encore pu bouleverser l'Europe.

J'ai combattu cette malheureuse erreur de tout mon pouvoir , et par tous les moyens possibles ; elle était si générale et si profondément enracinée , que ceux mêmes qui avaient le plus d'intérêt à la dissiper gardaient le silence. Les procès solennels qui ont été portés devant les tribunaux ont justifié mes paroles et mes écrits.

Le nombre de ceux qui étaient dévoués à Napoléon n'étaient pas très considérable. On désirait un autre ordre de choses; mais on craignait son despotisme : afin de gagner l'opinion publique, il fut obligé de publier que l'Angleterre et l'Autriche étaient pour lui; ses proclamations firent croire au peuple qu'il revenait plus grand des fruits de la réflexion pendant son exil, qu'il était guéri de son ambition , après avoir éprouvé tous les malheurs inattendus que le sort de la guerre avait fait peser sur lui.

Il est extrêmement facile d'émouvoir les Français, et de gagner leur confiance ; ils crurent que Napoléon allait commencer une nouvelle vie , un nouveau règne, après avoir entendu pendant un an , dans son île comme dans le tombeau, toute la vérité, ainsi que la haine que l'Europe avait conçue de son premier règne et de sa vie passée.

Les bruits de conspiration furent semés par ceux qui voulaient des proscriptions. Ma retraite avant d'avoir prouvé leur fausseté et leur méchanceté aurait entraîné la perte de milliers de victimes. Je pris la résolution de signer l'ordonnance du 24 juillet , afin d'enchaîner la réaction, et de diminuer le nombre de ceux qu'elle voulait sacrifier. Si je me fusse retiré , on m'aurait reproché d'être auteur de tous les maux que j'ai empêchés en demeurant à mon poste.

Pour bien apprécier ma conduite, il faut observer, non pas que les passions ont eu le dessus, mais quelle place ces passions m'assignent , quelle est la première victime qu'elles indiquent.

Qu'on relise mes rapports au roi (on les a altérés; je les publierai tels qu'ils ont été faits) : qu'on y cherche les causes de la haine excessive dont je suis l'objet. La nation les a compris. J'entrerai dans quelques détails pour répondre à ceux qui ont trouvé que mes rapports au roi n'étaient pas assez respectueux, et que mon administration n'était pas avantageuse à son service.

Je suis moins fâché d'être accusé d'avoir dit au roi des choses dures que de lui avoir donné des consolations vides de sens , et des espérances sans fondement. Comme les rois sont à plaindre! Leurs palais retentissent des accens de la vérité, le peuple la dit et l'écrit à tout le monde , excepté à eux seuls.

(8)

Comme il était de mon devoir de dévoiler sans pitié la situation de l'état, il fallait avant tout tourner l'attention du roi sur les maux les plus urgens, et sur les dangers qui menaçaient sa puissance. Le trône était ébranlé jusque dans ses fondemens : il importait beaucoup de ne pas s'égarer relativement aux causes profondes et cachées qui seules conduisent à de semblables événemens, et qui peuvent en préparer d'autres si on vient à les méconnaître.

En conséquence j'expliquai à S. M. toutes les difficultés qui s'opposaient à l'établissement solide de son autorité. Le plus grand intérêt d'un peuple est que son gouvernement soit stable, parce que les liens qui attachent les diverses parties du corps social (ouvrage des siècles) reprendront rarement leur première solidité quand une révolution a le temps de les dissoudre. Il est presque sans exemple qu'une monarchie, interrompue dans sa durée, ait été capable de se rétablir d'elle-même. Au moins il est impossible, après une interruption de 25 ans, de la rétablir telle qu'elle était, surtout chez une nation où les idées sont si sujettes à changer. Elle ne retrouve plus qu'une petite partie des élémens de sa première puissance ; ses principes, ses lois, ses intérêts ne sont plus les mêmes ; ils ont passé avec le cours du temps et les progrès des connaissances.

Parmi les obstacles j'ai distingué ceux qui provenaient de notre état de guerre, de ceux qui avaient pour causes nos malheureuses dissensions intestines. L'opposition des premiers était la plus difficile : je n'ai pas craint de montrer aux souverains alliés des vérités utiles, et de fixer leur attention sur l'exposition de nos malheurs. Les troupes étrangères qui inondaient la France semblaient donner lieu à des remarques aussi opposées ; d'un côté elles remplissaient nos désirs en nous apportant la paix ; et sous ce rapport elles avaient des droits à notre reconnaissance et à notre confiance : d'un autre côté les excès auxquels se livraient quelques corps firent peser sur nous tous les maux qui peuvent accabler une nation. Ainsi le retour du roi allait devenir l'époque la plus malheureuse de notre histoire, par des circonstances qui étaient tout à fait étrangères, et d'une main on aurait renversé le même trône que l'on venait de relever de l'autre.

Des considérations aussi sérieuses m'engagèrent à représenter au roi ces conséquences si fatales pour lui et pour la nation, provenant du système inattendu de l'occupation graduelle de nos provinces, lorsqu'on n'opposait plus de résistance, et ces mesures hostiles continuées dans une guerre entreprise d'abord pour un plus noble but. L'amour d'un peuple envers son gouvernement s'affaiblit toujours par les malheurs de la patrie.

Il fallait du courage pour dévoiler ces vérités ; il en résulta une prompte et salutaire amélioration de notre situation. On ne prit seulement point garde à mes services sur ce point ; on ne les avait pas demandés.

Dans l'intérêt même des puissances alliées il était de mon devoir de leur montrer le même tableau, ce que le caractère français a d'énergie, et surtout d'élémens pour l'explosion subite de sa force : il ne le connaît pas encore lui-même ; et sous ce point il aurait droit de se plaindre de mon silence.

J'avais à parler à des souverains généreux. Je pouvais me hasarder à leur faire observer que dans ce siècle éclairé la victoire ne suffit pas pour justifier tous les abus du pouvoir. Avec des sentimens nobles et élevés on ne se fait pas de tort aux yeux des grands princes. On s'est trompé grossièrement lorsqu'on a cru me livrer à la haine des pays étrangers ; on a jugé de mon langage d'après des devoirs qui m'étaient imposés.

Dans un autre raport sur la situation de la France, dans lequel je la considérais relativement à ses dissensions politiques, j'avais à choisir entre deux choses impossibles à concilier; ou il fallait céler la vérité, ou la dire ouvertement. Je n'hésitai pas; le bien du prince que je servais en dépendait. Je ne dus consulter que mon devoir. Je dépeignis les différens partis tels qu'ils sont; je lui fis voir le fort et le faible; je dévoilai leurs vues, la soumission que l'on pouvait en attendre, les concessions qu'ils exigeaient. Je représentai les deux grandes factions qui nous troublent, et dont le conflit mettrait l'état dans le plus grand danger. Si c'est de cette manière qu'on trompe les grands de la terre, il faut avouer que cette manière est neuve.

Je n'ai pas révélé au roi les noms des royalistes qui se déclarèrent contre son autorité et qui négocièrent avec Napoléon. Je ne voulais pas lever le voile : ceux dont on sauve l'honneur peuvent retourner à la vertu.

Il n'y avait que deux moyens de servir le roi, c'était d'augmenter sa puissance physique, ou sa puissance morale; si la puissance physique est quelquefois nécessaire pour appaiser le désordre, elle ne suffit pas pour établir un ordre de choses stable. Nous allons voir si en cela j'ai fait tout ce qui est en mon pouvoir; je passerai en revue dans ce mémoire les remarques que j'ai faites sur l'armée, sur la garde nationale, sur les chambres, sur l'opinion publique, etc.

Je dois avouer que l'administration à laquelle j'appartenais était douée de jugement, de l'amour du bien, d'une grande activité dans le travail, mais ne regrettant pas assez le passé pour ne pas craindre les dangers de l'avenir. Plusieurs de nos actions demandaient de la prudence; nous manquions d'énergie, d'union contre nos adversaires, et d'un même esprit dans nos travaux. On se plaignait du peu d'énergie de la police, parce qu'elle n'agissait pas seulement contre ceux dont on voulait la ruine. Cependant toutes les mauvaises intentions étaient tenues en échec; rien ne restait impuni : l'armée était mécontente; mais elle obéissait. Nous tâchâmes de soumettre tous les partis, de les ramener à l'ordre, et de leur faire sacrifier toutes leurs idées exagérées. Ce n'était pas assez que de modérer les passions dans le midi de la France; il fallait les enchaîner. Je répétai aux magistrats de ces contrées ce que la conscience de l'homme lui dit si souvent, qu'il n'y a qu'un avantage dont on ne devrait jamais se départir, celui de la justice. Je dis au roi que parmi les réactions il n'y avait ni tranquillité publique, ni trône, ni nation. Si la multitude reçoit l'exemple de la violence de ceux qui devraient lui donner celui de la modération, il faut s'attendre à lui voir renverser toutes les barrières qui le séparent du crime : quand la licence et l'esclavage ont déjà enflammé les passions d'un peuple, il y en a bien peu qui écoutent la voix de la raison. Qu'importe à ceux qui voudraient que leur rage gouvernât à la place des lois, que l'indépendance de la nation soit en danger, que le trône soit ébranlé? que leur importe le deuil des familles, l'exécration publique, s'ils ont satisfait leur vengeance. On dirait qu'il est des momens où le souvenir du passé, l'image du présent, les craintes ou les espérances de l'avenir, ne produisent plus dans les esprits que désordre et folie. Quel spectacle la France offre aux yeux de l'Europe! Lorsque les prisons sont pleines, après avoir été aggrandcis, cette sévérité donnera-t-elle à l'autorité du roi une solidité aussi durable que si la France eût été tranquillisée par la douceur, et par la certitude de sa sûreté? Que faire quand chaque homme parle à un autre, ce qui arrive toujours sous l'oppression? Si une partie de la nation a été égarée, la persécution et les châtimens l'empêcheront-ils de prendre part à une nouvelle rébellion? Tout ce qui tient à l'homme a ses bornes : la patience n'est susceptible de céder qu'à un certain point. Un peuple ne saurait être tranquille lorsqu'on lui présente sans cesse un avenir qui le déshonore ou le menace, et quand même on le forcerait au repos, ce ne serait qu'un état de contrainte.

J'étais chargé de veiller au maintien du trône et à la sûreté de l'état. Il ne faut pas croire qu'on puisse remplir ces devoirs par les mêmes moyens, après d'aussi grands changemens créés dans l'esprit public, dans nos institutions et dans nos mœurs. Tout a été changé pendant les progrès de la civilisation ; elle a fait d'heureux progrès, mais elle nous a fait faire de nouvelles fautes. On ne trouve plus là même soumission ; rien n'est dans le même état. Des troubles d'un nouveau genre ont été produits par le conflit des opinions politiques inconnu jusqu'alors, et tandis que la sécurité de l'état et la tranquillité publique sont exposées à plus de dangers, leur suppression a perdu en vitesse et même en force par la garantie accordée à la liberté des individus. On ne peut plus gouverner les hommes de la même manière ; les moyens de gagner de l'influence sur le peuple, ce qui est le plus grand résultat qu'un gouvernement puisse atteindre, ont changé de la même manière ; la religion et la morale ne sont que de faibles appuis des lois. L'opinion publique, chose entièrement nouvelle dans l'ordre social, a acquis tant de considération et de puissance, qu'elle est devenue la rivale du gouvernement. L'obéissance, qui a aujourd'hui des droits, fait tous ses efforts pour défendre ces droits. On peut punir la désobéissance, mais il est bien plus sage de la vaincre ; la puissance peut faire exécuter des ordres, mais le langage de la violence est peu considéré, s'il n'est appuyé par la persuasion, et fondé sur la raison. Pour se faire écouter de tous les partis, il faut parler à toutes les passions, et à chacune son langage. Il n'existe plus d'éloquence universelle.

Au milieu de toutes ces difficultés la police avait besoin de nouveaux moyens et d'encouragemens ; quoiqu'en général sa sphère d'activité se soit fort étendue, c'était là des points où nous la rendions inutile. De quel usage peut être à un gouvernement royal ces recherches mesquines dans les secrets des familles, dans les discours inconsidérés, et même dans le scandale que les lois ne peuvent atteindre ?

De nos jours il ne peut être question de rechercher le mécontentement d'un simple individu, ni même ses expressions hardies. Nos mœurs sont plus tolérantes qu'autrefois. On peut dire que la liberté publique est devenue une nouvelle conscience, à laquelle on ne peut faire violence. Elle sert de rempart à la liberté des opinions. L'espionnage ne doit pas violer l'asile du citoyen, quelle que soit dans la société l'élévation de celui qui médite le crime ; les auxiliaires qui lui sont nécessaires pour le commettre les feront bientôt découvrir ; et ce n'est pas dans ce rang qu'on les trouvera. On se plaint avec raison de la violation du secret des lettres particulières. Cette mesure de police est odieuse, et inutile dès qu'on la connaît. Je l'ai toujours rejetée. Elle a été inventée par des esprits faibles, qui ne connaissaient pas toute l'étendue des moyens dont ils pouvaient disposer.

De quelles recherches la police s'occupait-elle donc alors ? Elle poursuivait les délits et les crimes prévus par les lois. Quel honneur en résulte-t-il, quand elle remonte aux causes premières, qui de jour en jour augmentent les progrès de l'immoralité, si elle découvre le plus petit mouvement qui menace l'ordre public ; si elle parvient à avoir connaissance des besoins du peuple, des motifs de son mécontentement, de ses craintes ou de ses plaintes secrètes qui indiquent que sa fidélité est ébranlée, mais surtout les terribles expressions de la misère et du désespoir, qui, aussi terribles dans les individus que dans la masse du peuple, conduisent rapidement les faibles aux crimes et les nations corrompues à la révolte!

La police est une magistrature politique, qui, outre ses fonctions particulières, doit tâcher, par des moyens irréguliers, mais justes et légaux, d'augmenter la force et les ressources du gouvernement. La publicité des actes de la puissance gouvernante borne naturellement son efficacité; elle est trop occupée de grands objets; les autres sont perdus dans la foule, et lui échappent.

Dans l'ordre de la société tout n'est pas à l'extérieur, tout n'est pas visible. Au milieu de ce monde public, il y eu a, pour ainsi dire, un secret. La puissance ordinaire du gouvernement ne pénètre pas jusque là; le résultat est trop éloigné d'elle.

Cependant les partis ne veulent pas d'une semblable police; il leur faut des dénonciations, des rapports confidentiels, des descriptions de personnes, d'intrigues, et d'un grand nombre de minuties auxquelles ils attachent beaucoup d'importance.

Les moyens de tous les officiers de la police suffisent à peine aux mouvemens compliqués d'une machine qui peut servir à plonger des hommes honnêtes et respectables dans la ruine, mais qui n'est d'aucune utilité à l'état.

A quoi tendait l'importance attachée à l'évasion de M. Lavalette? Cette évasion a prouvé clairement que le gouvernement ne peut pas avoir des yeux et des oreilles, et a mis dans tout son jour le dévouement héroïque d'une jeune femme.

Qu'on dise ce que l'on voudra; tout le monde est sensible à la magnanimité et à la générosité. Le malheur est un objet de compassion. Il est bien vrai que tout gouvernement a le droit de poursuivre son ennemi; mais où est la nécessité de faire du bruit, lorsqu'on n'était pas capable de le retenir ou de le reprendre? L'exercice de ce droit n'est pas aussi pur qu'il est légal, et dans l'opinion la puissance ne porte pas toujours la conviction générale avec elle.

Admirable effet du pouvoir de la morale! Les âges futurs s'occuperont des circonstances qui ont arraché Lavalette à la mort; et tous les efforts de l'autorité ne parviendront pas à déshonorer ceux qui l'ont entouré de leur noble et efficace compassion. Quiconque n'est pas inexorable et inhumain ne peut se refuser à approuver le résultat de leur courage; ils se sont rendus coupables envers la loi, mais ils ont rempli le vœu de l'humanité.

On m'a souvent reproché de n'avoir pas informé le roi de ce que les courtisans, les ministres, les ambassadeurs étrangers, faisaient tous les jours; de ce qui se passait au sein des familles, etc.

Telle est la politique d'un courtisan qui cherche à plaire ou d'un agent subalterne qui est forcé d'avoir recours à ces moyens pour se donner de l'importance. Ce n'est pas la mienne.

La tranquillité des états ne dépend pas des choses qui n'affectent que les classes les plus élevées de la société, ou de la nature des intentions qu'on observe chez elles.

L'ambition des grands n'a aucune influence politique, à moins qu'elle ne soit liée à quelque intérêt populaire. Leurs intrigues, leurs conspirations sont inutiles et impuissantes, à moins qu'elles ne soient favorisées par la coopération active de la multitude.

On ne doit craindre d'opposition ni dans les conseils publics, ni dans les assemblées secrettes, quand le monarque a pour lui l'attachement et la force du peuple.

Le repos de l'état dépend de l'état intellectuel de la classe ouvrière qui compose le peuple, et qui forme la base de l'édifice social. Cet état doit être, si je puis ainsi parler, l'objet principal des soins et de la vigilance d'une bonne police.

La multitude sera toujours tranquille toutes les fois que l'on veillera franchement et ouvertement à ses intérêts, toutes les fois qu'on écartera tout ce qui peut affaiblir sa confiance, heurter mal à propos ses préjugés, corrompre sa manière de penser et d'agir, et égarer son ignorance et sa crédulité.

C'est parce qu'on s'est écarté de ces principes, c'est parce qu'une police imprévoyante et inconsidérée s'est attachée presque exclusivement aux démarches des grands, au lieu de surveiller le peuple, qu'il est arrivé qu'au sein de la prospérité, de l'opulence et de la paix, il lui a été impossible de réprimer la première effervescence de la révolution, dont cependant les élémens se sont augmentés et mûris pendant 40 ans, sans qu'on s'en fût aperçu, ou au moins sans qu'on leur ait opposé aucun obstacle. Nous n'avons pas parlé de la personne du monarque ; il doit être l'objet d'une considération particulière.

Ma doctrine ne pouvait convenir à ceux qui auraient voulu faire de la police non un département de la magistrature, qui enveloppât sous une égide commune tous les partis nés de la révolution, et tout ce qui avait combattu contre elle, mais une inquisition prête à recevoir leurs dénonciations secrètes. Mon système répugnait extrèmement à ceux qui voulaient rappeler le passé, afin de le faire arbitrairement persécuter et punir pour des fautes déjà pardonnées. Les leçons de l'histoire sont perdues, et cependant on devrait s'en ressouvenir. Tous ne réussissent pas avec une conduite hypocrite ; on ne gagne la confiance des hommes que par la droiture ; elle est aussi nécessaire à l'exercice des droits qu'à l'accomplissement des devoirs. Mais pourquoi rechercher le passé s'il ne nous instruit pas pour le présent, si nous n'y voyons toujours que les fautes des autres et jamais les nôtres ? Devenus plus sages et plus grands, si cela est possible, vieux enfans, vous foulez aux pieds aujourd'hui ce que vous admiriez hier ! Quand deviendrez-vous enfin raisonnables, quand apprendrez-vous à observer et à juger ? Plusieurs de ceux qui parlent aujourd'hui avec mépris de tout ce qui s'est passé depuis vingt-cinq ans ont été acteurs, et acteurs très secondaires, à la vérité, dans toutes les scènes de la révolution ; à l'aide de leur obscurité ils pouvaient, selon les circonstances, avouer ou renier leur parti. Ils ont joué leur rôle ausssi bien que les autres. Ils ont figuré sur le théâtre, et même la considération dont ils jouissent dans leur commune, si petite qu'elle soit, ils la doivent aux places qu'ils ont occupées sous Napoléon.

Beaucoup ont fait le bien : qu'ils ne craignent pas d'en convenir ; le bien orne toujours la vie, à quelque époque qu'on l'ait fait ; au lieu de se débattre et de vouloir paraître le nier, ils doivent avouer avec l'univers que les orages politiques, comme ceux de la nature, ne produisent que du mal. C'est une entreprise extravagante que de chercher à observer tout ce qui a été fait de grand et d'utile dans notre révolution ; personne ne peut tromper relativement à ce qui s'est passé depuis 25 ans ; le monde en est plein.

Si l'on a été subjugué par Napoléon, on montre bien peu de jugement en cherchant à l'avilir ; plus on l'abaisse, plus on s'abaisse soi-même. Le voyageur sourit de pitié, lorsqu'il voit que l'on détruit à grands frais les aigles qui étaient sur les monumens qu'il avait restaurés ou créés, comme si la mémoire des actions pouvait s'effacer avec les aigles !

Il serait beaucoup plus raisonnable d'expliquer et de justifier l'admiration qu'il avait inspirée.

Au commencement du gouvernement de Napoléon tout était miraeuleux; sa gloire avait rempli toutes les nations, les plus grandes comme les plus petites; non seulement il possédait le génie des batailles, mais il possédait une science bien plus utile que sa force dans les combats; il savait en faire usage. Sa prévoyance semblait le rendre maître des événemens. Il prévoyait les obstacles; tout paraissait calculé à l'avance pour les surmonter. Les traités étaient conclus aussi promptement que les batailles étaient gagnées. A quelle époque la France a-t-elle brillé avec plus d'éclat? Quand eut-elle plus de puissance que lorsque tous les souverains reconnurent Napoléon, quand toutes les solennités de la religion le sacrèrent sur le trône?

Dans l'intérieur toutes les traces de discorde et de désunion paraissaient effacées. Les intérêts les plus variés, les plus compliqués paraissaient confondus. Tous les partis vivaient mutuellement en paix. Toutes les croyances religieuses se partageaient et les temples et les autels. Qui n'a pas recherché la faveur d'un regard de Napoléon? Ceux qui alors se prosternaient le plus dans la poussière devant lui, sont les derniers à en convenir.

Au dehors, Napoléon terminait la guerre dès les premières batailles : tous les souverains voulaient vivre en paix avec lui. En cas d'hostilités, l'amour de la gloire aurait réuni toute la jeunesse française sous ses étendards et sous ses lauriers; cette jeunesse qui avait appris à considérer l'héroïsme comme un besoin et comme une jouissance!

La carrière de Napoléon était trop riche en miracles pour exciter notre étonnement. Ce peuple, qui était plus capable d'admirer que de juger, pouvait croire que leur cause résidait hors de ce monde; son empire offrait l'aspect de la stabilité, et presque les propriété de ce caractère sacré que le temps imprime sur les œuvres qu'il dépasse dans sa course rapide. Toute cette puissance, qui paraissait être éternelle, s'est détruite elle-même par l'excès de son ambition. La crainte et l'espoir de la voir renaître le suivit à l'île d'Elbe. Tout, mylord, s'est évanoui, et évanoui pour jamais aux champs de Waterloo!

Une chose va avant tout, la droiture. Celui qui aux jours de sa grandeur fut l'arbitre de l'Europe, vit, lorsqu'il se joua de la parole donnée, lorsqu'il voulut faire de ce parjure la prérogative de son trône, combien aussi il encourut la juste indignation des mêmes souverains et des mêmes nations dont il avait gagné la confiance, et à qui il avait donné la sienne. Tous les bras en Europe furent armés pour renverser un pouvoir arbitraire, qui ne voulait ni être arrêté par l'opinion, ni réglé par le jugement, ni sanctionné par son propre intérêt. Napoléon se trouva dans une situation si critique, que, comme tous ceux qui abusent de leur pouvoir, il fut forcé d'être toujours victorieux, pour ne pas être anéanti par la vengeance. Puissions-nous être instruits par tout ce qui s'est passé, afin qu'après avoir échappé à un abîme nous ne soyons pas engloutis par un autre! Tout pouvoir irrégulier se détruit de lui-même. Les extrêmes les plus opposés produisent les mêmes phénomènes dans l'ordre politique, et plongent également les nations dans l'infortune. Dès qu'un pouvoir sans bornes est placé entre les mains d'un seul ou de plusieurs, la dégénérescence morale des individus et la faiblesse de l'état en seront toujours les suites : il ne faut pour cela ni despotisme ni danger; vînt-il de la foudre lancée du ciel, ou du torrent des erreurs populaires, qui, s'ils ne renversent pas toujours, causent au moins des dégats.

Je prévis l'orage que devait causer le mode d'élection, et les conséquences de l'élection de l'une des chambres. Je souhaitai que l'activité des députés, qui paraissait vouloir détruire, pût être restreinte par la formation des assemblées communales. Le renversement de ce premier boulevart de nos libertés a mené à la destruction de tout le reste. Avant d'être au gouvernement et à l'état, l'homme appartient au lieu où il est né; c'est au sein de sa famille que le premier sentiment pour la patrie naît et se développe, et l'intérêt de la commune est le premier élément de tous les intérêts politiques. Ceux qui admettent que les hommes peuvent être réunis par un grand nombre de formes compliquées, qu'ils peuvent être gouvernés par la publication de principes abstraits, ne connaissent ni le cœur humain, ni les sources de la puissance. On dirait qu'ils n'ont étudié l'anatomie des constitutions libres que sur des systèmes morts. L'obéissance forme la mesure et la limite du pouvoir. Les institutions positives réunissent les hommes; plus les relations usuelles qui existent entr'eux sont multipliées, plus leur confiance et leur force augmentent; plus un gouvernement a de moyens, plus il est fort et puissant; mais dans le rétablissement du gouvernement municipal, le trône peut être amalgamé avec le peuple; les municipalités sont les premières unités dans l'ordre de la représentation nationale, en remontant jusqu'à la législature, et les dernières dans l'ordre du pouvoir exécutif, qui descend jusqu'à elles, et finit avec elles. Cependant je diminuai le nombre de beaucoup de petites communes, qui ne peuvent se toucher et se contrebalancer sans s'embarrasser mutuellement au lieu de s'entr'aider.

La nature des hommes et des choses exige que les corps politiques et civils ne soient ni trop grands ni trop petits dans l'ordre de la société, comme dans la nature il ne doit y avoir ni géants ni nains.

Je me suis laissé aller, mylord, dans des considérations qui vont au delà du sujet de ma lettre, et que je dois traiter les premières dans mon mémoire.

Le système qui commençait à prédominer, et qui faisait chaque jour des progrès, me força à penser à me retirer des affaires publiques, comme je m'étais retiré sous Napoléon dès qu'il me parut impossible de faire le bien. Le roi avait été dans le cas de reprendre possession du trône au milieu des orages; je n'ai pas cru qu'il pût s'y maintenir. La corruption et l'inexpérience ruine les états; la vertu et les talens les conservent. Je priai S. M. d'accepter ma démission; je lui mis entre les mains la lettre qui contenait les motifs de cette démarche. Le roi me fit l'honneur de répondre qu'il aviserait. J'attendis une réponse pendant quelques jours; comme je n'en reçus aucune, je pris la liberté d'en écrire une deuxième, dans laquelle je lui expliquai tous mes motifs, toutes mes craintes sur un avenir qui menaçait tout à la fois son trône, sa dynastie et l'indépendance de mon pays. S. M. accepta alors ma démission, et eut la bonté de me donner, dans une lettre écrite de sa main, l'assurance qu'elle n'oublierait pas mes services, et que je ne perdrais rien de mes biens par mon éloignement.

Il ne me restait plus qu'à choisir le lieu de ma retraite. Quand on a le malheur d'être célèbre, le lieu le plus obscur où l'on voudrait se retirer devient important : j'étais résolu au moins de me mettre à l'abri de la calomnie, par la simplicité, l'obscurité et le bonheur de ma vie domestique.

Le roi me fit offrir une ambassade. Je choisis celle de Saxe. J'avais eu le bonheur d'approcher de son souverain; son intégrité constante, qui sur le trône lui avait acquis l'amour universel, et l'estime lorsqu'il en fut descendu, fut la cause de cette préférence. Jusqu'au dernier de mes jours je conserverai le souvenir des témoignages de bonté que je reçus de ce prince après mon arrivée à Dresde. C'est surtout dans le malheur qu'on apprend à apprécier le prix de la bienveillance. Je dois ajouter encore que dans toutes les relations que j'eus

du chef de ma mission avec le duc de Richelieu, j'ai éprouvé tout
ce qu'un homme d'honneur et humain peut faire pour adoucir une
injustice que tous ses efforts n'avaient pu prévenir. On demande
pourquoi, en quittant le ministère, je ne suis pas entré à la chambre
des députés, à laquelle j'avais été nommé par plusieurs électeurs ci-
toyens, et entr'autres ceux de Paris. Aurai-je lutté avec avantage
contre les excès toujours croissans de la réaction ? Qu'on lise les
débats de la chambre, et l'on verra ce que je devais attendre de
cette lutte. Un homme d'un caractère noble, M. d'Argenson, voulut élever la voix pour indiquer les causes et les auteurs des troubles
du midi de la France ; des cris furieux l'empêchèrent de continuer.
La vérité était repoussée de la tribune de la nation ; quel succès
pouvait-on espérer dans une assemblée où le parti de l'exagération
avait toute l'influence ! quand ce parti considérait l'anarchie la
plus intolérable comme l'instrument le plus nécessaire au rétablissement de l'ordre ? Que dire à des hommes qui ne voyaient la force
et la puissance du roi que dans la violence ! et que trahison dans le
langage de la modération ? Appelé à parler sur les grands intérêts de
la nation, quels moyens a-t-on de se faire entendre de ceux qui
croient n'avoir qu'à délibérer sur l'orgueil de certains individus ?
Que pouvais-je ajouter là à tout ce que j'avais fait comme président
du gouvernement de la France, comme ministre, pour engager ces
hommes violens à sacrifier leur vengeance personnelle au bien général, et à ne penser qu'au bonheur de tous ? J'ai épuisé par rapport
à eux tout ce qui peut intéresser un ami de son pays. Je ne cesse-
rai de leur crier de mon exil mes dernières paroles lorsque je
quittai Paris : — « Comment ose-t-on parler du triomphe d'un parti
quand lui-même doit tomber sur tous ou les affecter tous ! Il n'y a
d'espoir d'une indépendance nationale ni de véritable honneur que
dans notre union. »

L'encouragement que l'esprit d'extravagance donnait à la réaction an-
nonça bientôt l'intention où l'on était d'en faire usage. Le député
qui lut un libelle à la tribune pourrait facilement nous donner des
renseignemens sur la source de cet encouragement, s'il voulait nous
dire où il eut le libelle, et quel en est l'auteur. C'est en vain que
j'aurais compté sur l'appui de la saine partie de l'assemblée. Cette
partie renferme des talens, des idées justes, de la raison. Elle forme
même la majorité ; mais elle compte beaucoup d'hommes timides,
qui sont retenus par la crainte d'attirer de plus grands maux sur
leur pays par leur résistance que par leur soumission. Tantôt ils sont
effrayés des fantômes de notre révolution, dont les ressorts sont
usés, tantôt ils sont menacés des bayonnettes des étrangers.

Il est absurde de croire qu'aujourd'hui aucun parti pourrait obte-
nir la moindre assistance du dehors. Si un parti gouverne, il en
résulte des luttes partielles plus fortes que la lutte générale du roya-
lisme. Ce ne sont plus les souverains qui triomphent sur la France ; un
parti triomphe donc sur la nation ; la guerre civile n'a fait que changer de théâtre. Les ultra royalistes sont vainqueurs, et tous les autres
Français sont vaincus.

Quel avantage y aurait-il à céder le gouvernement à un parti ? La
tombe se refermerait bientôt sur son gouvernement. La terreur même
ne saurait le soutenir longtemps, car la terreur s'évanouit à la première lueur de sécurité. Un autre parti viendrait à son tour, et aurait le dessus : que deviendrait la France, que deviendrait l'Europe,
si nous étions déchirés par les changemens de partis, et passagèrement
vainqueurs des partis !

Où trouverions-nous la nation dans un tel état de choses ? Il n'y aurait plus d'intérêt général ; tous les liens de l'existence sociale seraient dissous. Le cœur de l'état serait lésé ; il n'y aurait plus que l'ombre d'une patrie. Rapelez-vous l'Angleterre, mylord ; elle ne doit sa sûreté qu'à l'Océan qui l'entoure, et qui la sépare des orages qui ont été communs à toutes les nations ; rappelez-vous que l'Océan a été sur le point d'être franchi. — Notre bonheur lui serait plus avantageux que notre malheur. Mais il serait trop tard quand nous aurions succombé.

Je contemple volontiers l'image et l'emblème des souverains à qui notre destin est maintenant confié, dans cette divinité que les anciens, par leur mythologie, représentaient avec deux visages, l'un tourné vers le passé, l'autre vers l'avenir. Les souverains ne manqueront pas une seconde fois leurs généreux desseins ; nos révolutions ne troubleront plus l'Europe ; nous gagnerons la garantie de notre indépendance, parce que nous nous garantirons notre repos. Loin de moi la pensée qu'il y a un parti qui veut se rendre le terrible instrument de la destruction de la France.

Je ne puis refuser à mes ennemis la justice que je dois à tous les hommes. L'esprit de parti est plus blâmé qu'il n'est criminel. Ceux qui ont mis la monarchie sur le bord du précipice, croient peut-être l'avoir sauvée ; leur ignorance en matière de gouvernement est une découverte qui leur reste encore à faire.

Dans les affaires humaines on se laisse souvent entraîner dans les excès les plus déplorables par des noms qui ont été consacrés. Dieu veuille que le mot légitimité ne coûte pas autant de sang que le mot égalité ! Le mal se fait presque toujours sous un prétexte sacré. Heureusement que l'erreur n'est pas immortelle comme la vérité ! — Tout sur la terre à une fin.

Je ne me crois pas capable de me justifier entièrement du reproche de n'avoir pas entré à la chambre des députés. J'aurais dû paraître sur ce tribunal, n'eût-ce été que pour donner lieu à exercer encore une fois sur ma personne un acte tyrannique et violent. Ma mission à Dresde pourrait paraître le résultat de ce que je prévis, et cependant il ne me fut pas permis d'agir pour moi-même et d'éviter ces attaques. Mylord, au 10 juin je vous écrivis : « La république nous a fait connaître l'excès de la liberté ; l'empire l'excès fatal de la puissance : mon désir est également éloigné des deux extrêmes, c'est l'indépendance, l'ordre et la paix. » Je répète aujourd'hui le même souhait. Puissent tous les genres d'excès avoir trouvé leur fin !

Les excès de tous les partis se ressemblent : dès qu'une fois les passions sont mises en jeu, les sentimens les plus nobles peuvent être exagérés au point de devenir nuisibles. Je ne me plains ni ne m'étonne d'avoir été banni de la France par ceux que j'ai aidés à y rentrer. Je connais la méchanceté du cœur humain, et je suis fait aux caprices de la fortune. Dans la situation où je suis je me console en pensant qu'il n'est au pouvoir d'aucun homme de changer la nature des choses. Le mensonge ne peut jamais devenir la vérité.

Tout mon espoir politique est terminé ; mon ambition est satisfaite, puisque j'ai obtenu chez les Français une estime qui restera toujours attachée à mon nom et à ma personne. La justice et la voix des siècles décideront si dans tout ce qui a rendu mon pays malheureux la faute en fut ou non de tous les côtés, et de quel côté elle fut plus grande.

Je réitère à votre grâce les assurances de ma parfaite considération,

Le Duc d'OTRANTE.

A GAND, de l'Imprimerie de G. DE BUSSCHER et FILS, Place de la Calandre.

9 782329 100036